KB000509

일러두기 ────────────────────────────────────────────

1. 이 책은 2018년 궁리출판에서 펴낸 《나뭇잎 일기》의 일부 내용과
   2018년판에 없는 새로운 일기를 추가하여 선보이는 특별판입니다.
2. 〈나뭇잎 일기〉의 상단 숫자는 날짜를 가리키며 '연, 월, 일'의 순서로 표기하였습니다.
3. 〈나뭇잎 일기〉 원화의 식물(나뭇잎, 풀잎, 꽃잎) 크기는 실제와 똑같습니다.
   다만 이 책에서는 원화의 70퍼센트 크기로 실었습니다.
4. 수록한 식물의 이름을 본문 170~171쪽에 실었습니다.

# 나뭇잎 일기

## 열두 달의 빛깔

허윤희

궁리
KungRee

"당신 생애의 모든 해, 모든 계절,
밖으로 나가 이 나뭇잎들을 음미하라."

──월트 휘트먼의 《풀잎》 서문 중에서

## 《나뭇잎 일기》를 새롭게 전하며

서울 부암동 백사실 계곡을 거닐다가 나뭇잎을 주워 와서 〈나뭇잎 일기〉를 시작하던 날이 떠오릅니다. 그 사이 십여 년이 흘렀고, 나는 지난해 말에 서울을 떠나 제주로 이사를 왔습니다. 푸른 바닷속에서 헤엄치고, 오름에 오르며 더욱 활기차게 지내고 있답니다. 자연에 더 가까이 다가가서 자연의 이야기에 귀를 기울이고, 우리의 삶의 이야기를 작품에 담고 싶습니다.

도시에서 살던 지난날을 되돌아보니 그곳에서도 자연에 기대어 살았습니다. 산길을 걷고 나무를 바라보고 발길을 멈추어 나뭇잎의 빛깔에 감탄하면서, 천천히 숨을 쉬고 생기를 얻었지요. 어느 날 푸르던 나뭇잎이 폭염으로 타들어가는 것을 보면서, 지구온난화의 위기를 심각하게 느끼게 되었습니다. 코로나가 시작될 무렵, 〈나뭇잎 일기〉를 천천히 접었습니다. 〈나뭇잎 일기〉로는 긴박한 생태계 위기를 표현하기에 부족했습니다. 기후위기에 관한 안타까운 마음을 시각적으로 강력하게 호소하고 싶었습니다. 그때부터 사라지는 빙하와 우리나라 멸종위기식물에 대한 작업을 하기 시작하였고 지금도 진행 중입니다.

이번에 새롭게 선보이는 《나뭇잎 일기: 열두 달의 빛깔》은 그동안 그리고 쓴 〈나뭇잎 일기〉 중에서 정성스럽게 고른 일기 엮음집입니다. 〈나뭇잎 일기〉를 봄부터 겨울까지 열두 달의 흐름에 맞춰 배치하고 보니 나뭇잎들이 전에는 들려주지 않은 새로운 이야기를 건네는 듯합니다. 이 나뭇잎들을 음미하면서 우리의 삶을 돌아보고, 자연이 주는 사랑과 기쁨이 당신에게 닿을 수 있기를 바랍니다.

햇살이 쏟아지는 2023년 가을
제주에서

허윤희

# 들어가는 글

---

내 인생의 가장 의미 있는 책 한 권은 《월든》이다.

《월든》은 헨리 데이비드 소로 Henry David Thoreau, 1817~1862가 월든 호숫가에서 통나무집을 짓고 살면서 자연과 인간에 대해 경험하고 사색한 글을 모아낸 책으로 자연에 대한 예찬과 문명사회에 대한 그의 비판의식이 담겨 있다. 나는 감수성이 풍부한 지성인이 사회의 고정관념과 제도에 맞서 자유로운 삶에 대한 실험과 실천을 기록한 글을 읽으며 창조적인 삶을 꿈꾸었다. 그리고 그가 남긴 다른 책들을 찾아 읽다가 다음과 같은 글을 발견하였다.

"전에 나는 이런 생각을 해본 적이 있다. 모든 나무와 모든 관목, 모든 풀 하나하나마다 그것이 푸른색에서 갈색으로 변하는 과정에서 그 식물 특유의 가장 선명한 색을 띠었을 때 잎 하나를 표본으로 채집하는 것이다. 그러고 나서 그 잎의 윤곽을 그린 다음, 물감으로 그 색을 정확하게 표현해 한 권의 책으로 만들어보는 것이다. 그 책은 얼마나 멋진 기념품이 되겠는가? 아무 때나 책장을 들추기만 해도 가을 숲을 산책하는 기분을 느낄 수 있을 것이다. 나는 그 책을 만드는 데 아직은 큰 진척을 보지 못하고 있다."

―〈가을의 빛깔들〉* 중에서

* 헨리 데이비드 소로, 《시민의 불복종》 (강승영 역, 은행나무)

나는 소로가 이루지 못한 구상을 실현하고 싶었다. 그렇게 2008년 5월 5일, 나는 〈나뭇잎 일기〉를 시작하였다. 매일 집 근처의 북악산을 산책하고 그날의 나뭇잎 하나를 채집하여 그 모양과 빛깔을 정확하게 그린다. 그리고 그날 만나거나 기억나는 사람, 혹은 스쳐가는 단상을 기록한다.

　　지난날을 돌아보면, 아름답고 빛나는 순간은 날마다 있었다. 그 순간이 오래 머물지 않고 사라져서 기억하지 못하는 것일 뿐…… 비록 하찮고 사소한 개인적인 일상의 기록일지라도 초봄에서 겨울의 끝자락으로, 다시 초봄으로 이어지는 자연의 변화를 관찰하고 기록하면서 우리도 희망을 품고 조금씩 성장해가고 있음을 나누고 싶다.

## 위로하는 나뭇잎

어릴 적 도시에서 나고 자란 나는 시골에서 자란 친구들의 이야기를 들으면 늘 부러웠다. 자연이 배경이 되면 모든 이야기가 더 신나고 아름답고 낭만적으로 변하는 것 같았다. 자연은 나에게 낯설지만 호기심을 불러일으키는 세계였다.

그런 내게 한동안 자연 안에서 지낼 수 있었던 행운이 있었다. 그곳은 내 고향 한국이 아니라 먼 남프랑스 시골에서였다. 한국에서 대학을 졸업하고 미술 공부를 더 하고 싶어서 독일로 유학을 갔다. 그런데 나의 독일 교수님은 남프랑스 시골에 사시는 것이 아닌가. 그는 그곳에 낡은 저택이 있는 넓은 땅을 가지고 있었다. 학기 중에는 한 달에 한 번씩 독일로 강의를 하러 오고, 여름방학이 되면 그곳에서 여름 아카데미를 열었다.

우리 반 학생들은 해마다 여름이면 그곳에서 예술작업을 할 기회를 얻었다. 우리들은 넓은 땅에 각자 텐트를 치고, 함께 쓸 수 있는 공동 부엌을 지었다. 함께 장을 보고, 요리를 하고, 식사를 하였다. 그리고 자연예술 프로젝트에 참여하였다. 실내의 아틀리에가 아닌 자연에서 자연 재료로 예술작업을 하는 것인데, 대표적인 것은 '집짓기 프로젝트'였다. 예술적인 생각이 담긴 집을 구상하고 직접 짓는 것이다. 정원도 만들고 나무를 심고 꽃을 가꾸었다. 돌로 오븐을 만들고, 빵을 구웠다.

　　몇 해 여름을 그곳에서 보내면서 나는 자연의 아름다움을 깊이 접하게
되었다. 해가 질 때면 붉게 물드는 석양을 한없이 바라보고, 별이 쏟아질 듯이 빛
나는 밤에는 별 구경을 하며 별똥별이 떨어지기를 기다렸다. 비가 쏟아지는 밤에
는 텐트 안에 누워 빗소리를 들었다. 심장이 두근거리는 자연의 북소리였다. 하
루 종일 흙을 밟으며 땅을 파고, 나무를 자르고, 집을 지었다. 땀을 흘리며 집을
짓다가 쉴 때는 개울물에 첨벙 뛰어 들었다. 맨발로 돌아다니며 민들레 잎을 따
서 샐러드를 만들고, 페퍼민트 잎을 우려 차를 마셨다. 하루의 일을 마치고 저녁
식사를 하고 난 후에는 친구들과 밤늦게까지 이야기를 나누거나 그림을 그리거
나 일기를 썼다. 나는 자연 안에서 땀 흘리며 일하는 충만함을 알게 되었다. 건강
하고, 자유롭고, 행복하였다.

십여 년의 독일 유학을 마치고 한국으로 돌아왔을 때, 나는 서울이지만 서울 같지 않은 곳에서 살고 싶었다. 산으로 둘러싸인 곳에 집을 구했다. 가까운 곳에 그림을 그릴 수 있는 작업실을 마련했다. 집에서 작업실을 가려면 버스로 몇 정거장을 타고 가면 되지만, 산을 통과하여 갈 수도 있었다. 나는 시간이 좀 걸려도 산길로 가는 길을 택했다. 매일 아침 산길을 거닐며 나무와 풀들을 보며 새소리를 들었다.

　　자연의 생명력을 흠뻑 들이마시는 시간이었다. 삶에서 지치고 마음이 상한 날에는 나무들이 아무 말 없이 나를 위로해주었다. 나뭇잎이나 꽃들의 생김새를 자세히 들여다보면 근심은 어느새 사라졌다. 산에서 기운을 얻고 가벼운 마음이 되어 내려왔다. 예쁜 나뭇잎이나 솔방울, 나무열매들을 배낭에 가지고 오곤 했다. 자연의 전시품들을 보면 숲속에 있는 듯 힘이 났다.

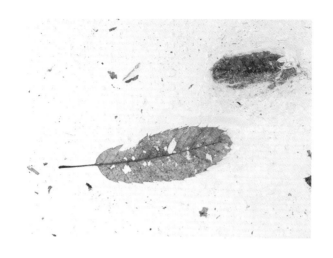

　　〈나뭇잎 일기〉를 시작한 2008년부터 지난 십여 년 간, 내가 배낭에 소중히 담아와 그림으로 남긴 나뭇잎과 단상을 여기에 소개한다. 이것은 나의 개인적인 일상의 기록이지만, 나와 함께한 사람들, 공동체로 함께 살아가는 우리의 삶 이야기가 담겨 있다. 시간의 빛깔을 고스란히 담은 나뭇잎과 함께. 소로가 이 책을 구상하며 꿈꾸었던 것처럼 얼마나 멋진 기념품이 될 것인가? 아무 때나 책장을 들추기만 해도 사계절의 숲을 산책하는 기분을 느낄 수 있을 테니까……

# 차례

"詩를 쓰라" 햇살 맑은 일요일 한낮, 시인 희 선생님.
따뜻한 밥을 사주시고, 방황하는 내게 시를 권하다.

12. 03. 06

나의 고우신 할머니 신석주
엄마의 얼굴에서 돌아가신 할머니 얼굴이 보인다.

18. 03. 08

버섯을 먹고 버섯을 그리고, 물고기를 먹고 물고기를 그리고.
호박을 키우고 호박을 그리고, 그 호박으로 호박스프를 만들어 판다.
해남 땅끝마을 문닫힌 미술관을 열어 '안식당'을 열었다.
/ 년 수입 2000 만원을 목표로 열심히 그림 그리는 안혜경 작가님.

일본 東北 지역 규모 8.9의 지진.
태평양 연안의 대형 쓰나미 ... 순식간에 모든 것을 휩쓸고 갔다
인생이 허망하다

춘분에 때아닌 눈이 오면
얼굴 내민 새싹들은 어떡해!

너는 어디서 왔니?
너희들에게 말해도 모를 거야. 아주 시골이거든.
별이 아주 많이 보여. 봉화에서 서울로 유학온 제고 1학년 주희,
친구들에게 자기소개를 하다.

시장에서 봄나물을 사왔다.
냉이 된장국, 달래 간장  미나리 무침을  해서  밥 두 그릇을  먹었다.
봄기운이  온몸에  번진다.

Alle Akw abschalten! 모든 원전의 스위치를 뽑아라
독일에서 25만 명이 원전 반대 데모를 한 영상을 보았다.
그들은 건전한 혁명을 재미있게 하고 있었다.
그 나라의 의식 수준이 부럽다.

17. 03. 27

엄마가 동생 가족들을 만나러 제주도에 가셨다.
제주도의 봄을 그려본다. 언젠가 나도 그곳에 가서 살게 될까?

매일 나뭇잎을 그렸지만 그 이름을 몰라 부끄러웠다.
《나뭇잎 일기》책을 내며 얼굴도 모르는 네 분의 선생님들이
식물명 감수를 도와주셨다.
제 이름을 찾은 식물들, 더욱 당당해 보인다.

18 . 03 . 29

길담서원에  나뭇잎 일기  전시  디스플레이를  하다.
뺀스띠노가  있으면  늘  든든하고  즐겁다

나는 나의 가장 솔직한 감정을 외면하지 않고 감당할 수 있나?
나의 운명을 사랑할 것  Amor Fati !

09. 04 03

러시아 어로 예술가는 삶을 불러 내는 사람이라고 한다.
예술은 삶을 더 깊고 넓게, 어쩌면 더 아름답게 만드는 사건이다.

"가장 작은 것, 가장 소중한 것, 가장 가벼운 것,
도마뱀의 바스락거림, 한숨, 한 소리, 한순간 -
작은 것이 가장 큰 행복을 만든다. 고요하라"

니체 《차라투스트라는 이렇게 말했다 》 중에서

17.04.06

작년 앞집에서 얻어온 야생화 한 뿌리
봄이 되니 새 잎이 올라오고 있다.
어떤 꽃이 필까 기다려진다

북악산 기슭
진달래, 개나리, 벚꽃, 목련이 활짝 피었다.
촉촉하게 봄비가 내린 아침
텃밭에 나가 씨를 뿌렸다.

11.04.07

방사능 비가 내리는 우울한 날.
사람이야 우산을 쓰면 되지만,    산과 나무와 꽃과 풀은
하루종일 저 비를 맞아야 한다.
인간의 과도한 욕심 때문에 여리고 착하고 순한 것들이 늘 희생자가 된다.

"이 강인한 정신과 에너지, 이게 어디서 나온 걸까요.
사랑간의 관계에서 나온 힘이에요."

-김 중철 선생님-

09.04.10

은의가 free diving에 대해 알려주었다. 산소통 없이 한 호흡으로 바다 깊이
들어갔다 나오는 것이다. 하늘 바다 땅..., 지구는 신비한 공간이고, 그 속으로 들어가
새로운 세계를 보고 느끼는 인간도 경이롭다

어제 신문에서 시진핑과 만찬하며 시리아에 미사일을 쏜 트럼프에 관한
기사를 읽었다. 오늘은 미 항공모함이 한반도 인근으로 이동하고 있다는
기사를 읽었다. 이 지구 위에 전쟁은 하루도 쉬지 않고 계속되고 있다.
이렇게 찬란한 봄날에도

18.04. 10

파릇파릇
봄새싹 사이에 앉아
그리운 친구를 기다리는 시간
이보다 더 설레는 시간은 없다.    솔미니와의 반가운 재회
길담서원

18.04.12

나는 무엇 때문에  살려고 하는가?
정직하고  진정성 있게  나를 사랑하고 상대를 사랑하기

17. 04. 16

세월호 3주기
세월호 가족들의 멍든 가슴, 진달래꽃 빛깔 같지 않을까.
이 아름다운 봄날 떠난 그들을 생각하니 슬픔은 배가 된다.

앞산이 산책을 갔다. 늘 가던 길이 아닌 다른 길로 갔는데, 길이 막혔다.
마지막 집에는 대문도 없고 인기척도 없고 앞 마당에 심어놓은 상추와
파 꽃이 햇빛에 빛나고 있었다. 시간이 정지된 것 같았다.

새 소리를 유심히 들었다.
큰 바위 밑으로 흐르는 개울물 소리도 들었다.
올챙이들을 보았다.
산에서 내려오면 큰 길을 건너는데,
자동차 소리는 가히 폭력적이다
그동안은 돈이 없어서 차를 안 샀지만,
이젠 돈이 생겨도 안 살 것이다.

엄마. 아플때 부르는 이름...

08.05.14

이십대의 때묻함을 잃어버리고 너무 무뎌진 것일까?

하루 종일 작업실에서 그림을 그리다.
날이 더이상 춥지 않아 작업실에서 자다. 밤의 고요함, 고독이 좋다.

작업실에서 눈을 뜨고, 하루종일 그림만 생각할수 있는 일요일.
그 단순함이 좋다.   작업에만 몰두 할 수 있는 시간이 많았으면.
다른 일을 적게 하고, 내 시간이 더 많이 주어졌으면.
현재에 주어진 시간을 쪼개어 소중히 쓰자.

08.05.20

녹색은 내게 권태롭고 지루한 색이었다.
화려한 꽃의 배경으로만 존재하던 그 평범한 색이
이렇게 싱그럽고, 풍부하고, 빛나는 빛깔인 것을
산을 다니면서, 잎새 하나하나에 관심을 가지면서 느끼게 된다.
녹색은 은근하게, 천천히 자신을 드러낸다

《한국 식물도감》이영노, 주상우 공저의 1956년도 헌 책을 사다.
누렇게 변한 작은 책, 펼치면 오래된 냄새가 진하게 났다.
흑백의 글과 그림의 단순한 아름다움에 반했다.
나는 시간이 배어 있는, 낡은 것들이 좋다.

춤도 집중해야 한다.
그림도, 노래도 그런 것처럼.
결국은 정신이다.

산이 녹색으로 가득찼다. 매일 아침 이곳을 산책하는 복을 누린다.
백사실. 이항복의 별장 둥근 연못에 초록 융단이 깔렸다.
백석동천. 북악산의 산천으로 둘러싸인 경치 좋은 곳. 무릉도원이 여기다

시원한 바람이 부네
햇살이 비치네
더 바랄 것이 없네.

작업실에 있어도 일이 손에 잡히지 않는다.
촛불집회에 함께하지 못해 미안한 마음이다.
화가로서 내가 할 수 있는 일이 무엇이 있을까?

이미 드로잉 수업 중강.
마지막 날은 늘 시원하고 허탈하다
한 학기로 끝나버리는 수업 구조는 지식 전달에 급급하고,
관계가 일회적이고 얇다

08.06.04

롤랑 바르트의 책을 다시 보려고 펼치니 독일 유학시절 아르바이트 계획표가 나왔다. 파울라 모더존 베커 뮤지움에서 지킴이를 하던 때의 것이다. 2002년 12월, 모두들 고향으로 떠나고 특별히 갈 데가 없었던 나는 하루에 6시간씩 뮤지움에서 일을 하며 틈틈이 책을 읽었다. 일을 마치고 밖으로 나오면 주위는 어둡고 크리스마스의 불빛이 시내를 환하게 밝히고 있었다.

뜨거웠던 그에 대한 사랑도 '시간'에는 이기지 못했다.   순간이 진부다

수원 시립 아이파크 미술관  벽화 작업 '헌화'
철조망으로 묶은  꽃다발을  건네는 손을 그리다.
경계에도  꽃은 피고 그꽃을 건넬때 평화가 온다.

외롭다는 건   빈 자리가 있다는 것 ,

만남의 가능성을   내포한 말이 아닐까?

비야 와라! 생명의 울이여!
너무 오랜 가뭄에 이 땅이          목이 탄다.
비야 와라. 온 몸으로 맞을게

08.06.27

그림은 내 마음의 풍경이다.
삶의 이야기가 내 마음에 씨앗이 되어, 뿌리 내리고 자라서
어떤 꽃이 되고, 어떤 숲이 되고, 어떤 강으로 흐르는지...

6월의 밤, 해가 지고 어두운 예고 운동장, 달리기를 했다.
나무들은 더 커 보이고 시원한 바람이 분다.
운동장 계단에 학생 몇 명이 기타를 치며 노래를 부른다.
25년 전 열여섯 살의 나도 여기서 노래를 불렀다.
그때 나는 지금의 내 모습을 상상하지 못했다.
지금의 나의 모습… 굳세게 잘 살아 왔다고
열여섯 살 내가 마흔한 살의 내게 머리를 쓰다듬어준다.

08. 06. 28

내 마음속에는 호수가 하나 있는데 그 호수는 바람이 불 때면
잔잔히 흔들린다.

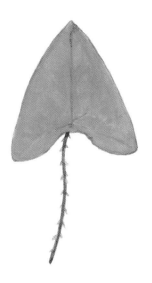

나는 왜 날마다 나뭇잎을 그리고 있을까.
그것도 똑같이.
우의미한 행위일까? 이것도 예술일까?

내 인생을 통틀어 가장 의미있는 책 한 권을 고르라면,
《월든》이라 말하겠다. 소로의 오두막과 월든 호수를 알고부터 삶을 보는
눈이 바뀌었다. 삶의 방향이 바뀐 것이다

〈조선 평론〉의 표지 그림 '호물 이파리'를 외워버렸다.
〈조선 평론〉을 읽으며 나의 관심과
생각이 지향하는 곳과 갈음을 알고,
놀랍고 가깝게 함께 하고 싶었는데
그 바람이 이루어지니 신기롭기만 하다.

그림 그리는 것은 끝없는 대결이다.
"정말 왜 이렇게 못그릴까!" 한숨과 좌절과 포기해 버리고 싶은 마음.
심할 땐 공격적이 되어 분노에 휩싸인다.
이럴 땐 더이상 그림과의 싸움이 아니라 나와의 싸움이 되는 것이다.

아버지의 기일, 벌써 십 년이 되었다.
할아버지를 한 번도 보지 못한
일곱 살 조카 윤이가 할아버지께 드리는
선물이라며 사탕을 사와서 제사상에 올렸다.
이렇게 삶은 이어지나 보다
할아버지, 아들, 손자로  삶은 되풀이 되고,
잊혀지고, 서로워 진다.

08.07.17

작업실 오는 길에 잠자리 떼를 보았다.
칠월의 여름에도 계절은 가을을 품고 있었다.
나는 어떤 기다림으로 현재를 살아가고 있을까?

유아독존
혼자 서고, 혼자 가는 것! 완전히 근자로 존재할 수 있을 때
관세에 대한 긴착, 오욕로부터 자유로울수 있다. 덕희언니와의 통화

암스테르담에서 30분 기차를 타고 Utrecht 에 있는
Rietveld Schröderhuis에 방문하였다.
작은 공간을 최대한 활용한 검소하고 실용적이고 아름다운 디자인의
건축과 가구를 보았다. Bauhaus 의 대표적인 건축이다.
Utrecht 도시의 길들과 집들이 참 아름답다.

지구온난화가 계속 된다. 어떻게 살 수 있을까? 절박한 문제다.

서울 38°C
기록적 폭염
10명 사망
지구온난화가 계속 된다. 어떻게 살 수 있을까? 절박한 문제다.

08.07.25

레이첼 카슨의 《침묵의 봄》을 읽다
나무, 새, 곤충, 흙, 물, 물고기, 사람... 모든 것이 따로 존재하는 것이
아니라 뿌리깊게 연결되어 있다. 어쩌면 다른 모양의 하나일지 모른다

하지만 나는 사랑이 더 필요해 !

서울시 교육감 투표. 아침 일찍 투표를 하고 왔다
경쟁 위주의 교육이 아니라 인간 중심, 평등한 교육 기회에 표를 던졌다.

어두운 밤하늘이 보고 싶다
쏟아지는 별이 보고 싶다.

서울 밤하늘엔 별이 딱 한 개.
별이 쏟아질 것 같은 밤하늘 아래     살면   어떤 기분일까?
서울을  떠나야지.

과거의 설움을 엊고 잔질인 진하고 푸르게 자라고 있다.

08. 08. 03

산에 새가 많지 않다 새소리도 가끔 들릴 뿐이다.
참새도 이젠 흔하게 볼수 없다.
레이첼 카슨의 《침묵의 봄》이 우리나라에까지 당도한 것일까?
자연에 대해 관심을 가질수록
너무 많이 파괴된 자연을 인지하게 되고 절망하게 된다.

폭염으로 사람이 죽고 동물들이 죽고
식물들도 죽어간다.
길 앞의 담쟁이가 다죽어 간다.
지구 전체가 죽어간다 지구 온난화, 대재앙의 시작인가

08.08.07

자전거로  국토순례를 해 보고 싶은 꿈.
자전거 뒷 자리에 가방을 싣고, 작은 스케치북과 팔레트를  싣고.
이름만 알고 있던 도시와 시골과 산과 바다와 섬.
온 몸으로 페달을 돌려 내 발로 우리 땅을  밟아보고 싶은 꿈

해 질 무렵 요가를 마치고 나무 그늘 밑 풀밭 위에 앉았다.
거친 숨을 가만히 느껴보았다
마침내 숨이 부드러워지고 나의 안과 밖이 아무 미동도 없이
고요해질 때 참으로 오랜만에 평화로운 순간이 열렸다.

내 그림이 나이다. 내 글이 나이다.
그래서 미술가로서 잘 그리고 싶고, 잘 쓰고 싶다.

할아버 작가들과  가을로 돌아오는 문. 껍질에서 먹은 호박엿  삶은 옥수수.
해가 저물고  얼리 어둡게 보이는  산등성이는 어머니품으로 한듯 겸연다
나는 땅만 잠 갖고 왔어 못겠만 . 이 땅의 아름다움을 즐기고 사랑한다.

가난하게 살기
잘난 척 안 하기 거짓말 안 하기.
자연과 교감하기, 생명 귀한 줄 알기
자발적인 가난, 이웃이나 자연과의 사이에
화평한 관계를 지속적으로 맺고 살아가는 데
필요한 것이라는 점에서 오히려 축복이 되고 기쁨이 된다.
- 김종철, 《간디의 물레》

바람이 차게 느껴지니 세월의 변화가 무섭다.
끝날 것 같지 않았던 여름이 이렇게 끝이 났다.
여름을 견딘 자들에게 이 바람은 세상이 주는 선물이다.
푸른 하늘, 맑은 바람 있어는 어떤 행복도 존재할 수 없음을 알았다.

EbS 다큐멘터리 영화제 〈켄로치의   삶과 영화〉를 보다.
세상에 대한 분노와 영화에 대한 열정이   이 시대 최고의 감독을 만들었다.

명상 다시 시작할것.
하루에 20분씩  그그대  살아 있을 것,  내 숨소리에 조용히 기기울일 것

08. 08. 28

작업실 오는 길 신영동에 그동안 덮어두었던 콘크리트를 들어내니,
개천을 다시 볼 수 있게 되었다.
올 여름에는 비가 많이 오고, 개천물이 맑아졌다.
오늘은 하얀 백로 한 마리가 물가에서 놀고 있었다.
어디서 날아왔을까? 회색빛 건물, 자동차 더로변 도시에 나타난 하얀 새.
존재 자체가 놀라웁고 감동이었다.
깊은 감동을 주는 것은 어떤 논리적 이유에서 비롯되는 것이
아니라 존재한다는 사실, 그 자체가 아닐까
살아 있음이 신비이고 위대합다.

어는 살 노인의 눈으로 현재를 보는 연습을 한다.
조급하지 않게 "느리게 느리게" 순간을 정성껏 맞이하며 보내고 싶다.

큰 사랑. 큰 죽음. 큰 자유. 큰 사람

08. 09. 05

아침 일찍 일어나 산에 가서
고요한 아침의 기운을 흠뻑 느끼고 오는 날은
하루를 만족스럽게 보내게 된다
가까워지는 가을 공기, 따뜻한 홍차를 마셨다.
그림도 많이 그렸다.
그리고 지우고 또다시 그려가는 과정의 몰입 ... 즐기고 있다.

소박하면서도 충만한 존재. 집 = 세계

새로운 장소, 새로운 풍경. 새로운 사람들.
먼 나라로 여행을 떠나온 것 같다.
새로운 삶, 새로운 내가 되고 싶다.

영은 레지던시 새 작업실

설악산  귀대기청봉에 오른다
금강 초롱꽃 보랏빛 불 밝혀  나그네 길을 비추네
바위떡풀, 개쑥 부쟁이, 미역취, 산구절초, 산앵도나무, 수리취,
정영엉경퀴, 투구꽃, 금강분취, 까지밥나무, 난쟁이바위솔, 노랑물봉선,
눈꽃승마, 다북떡쑥, 둥그이질풀, 바람꽃, 배초향, 산오이풀, 왜승다리
보는 사람 아랑곳 하지 않고  자신의 존재를 다하며 꽃을 피우네

글쓰기 모임에서 만난 현희씨.
나는 그녀의 글을 읽을 때마다 가슴이 뛰었다.
그녀의 글은 깊고, 아팠다.
그녀가 도안미관에서 하는 내 전시에 와주었다
햇살이 닿나는 토요일. 그녀와 마주앉아 점심을 먹었다
그녀의 꿈꾸는 눈을 오래 바라보았다.

11. 09. 20

오랜만에 정독도서관에 갔다. 분수가 가을하늘로 시원한 물줄기를
뿜어냈다. 그 길을 주연씨와 걸었다. 그동안 많이 아팠다고 했다.
그녀는 어릴때도 많이 아파서 온종일 마루에 앉아 있었다고 했다.
그녀의 섬세한 감수성은 연약함에서 온 것일까. 약하고 아픈 것은
또 다른 면의 강함을 키우는 것일지도 모른다.

크고 깊은 눈동자, 그림 언어
인간 관계에서 어떻게 마음을 써야 하는지를 배운다
강년기로 고생하는데 어떻게 도와줄수 있을까!

가을을 재촉하는 비가 왔다. 바람이 불 때마다 이른 낙엽이 눈처럼
날렸다. 그 아름다운 풍경은 이루마의 피아노 선율과 어울려 눈물
뗄 수 없었다. 요가를 하려고 만난 덕희 언니, 희옥 언니, 성민 어머니
오늘은 몸의 요가를 하지 말고 마음의 요가를 하기로 의기투합했다. 차를 내어오고
넷이서 창밖의 풍경을 바라보았다. 마음의 긴장을 내려 놓았다. 아름다운
가을을 충분히 즐겼다.

북악산 기슭에 작고    낡은 집에 사시는 아주머니,
그 길목 작은 화단에 온갖 꽃이 핀다.
백합, 양귀비, 맨드라미 붉은 여나를
해마다 씨를 받아 두었다가 대에 길게 뿌리신다.
그 정원에 취해 발걸음을 멈춘다.

존 포일이라는 영국 재술가를 만났다.
그는 내 작품이 詩的이라면서 폴란드 작가의 작은 쟁물리를 보여 주었다.
나와 통하는 데가 있어 보였다.
세계 곳곳에 나와 비슷한 생각을 하는 사람들이 살고 있구나

101

11. 10. 03

기수씨는 12월에 있을 개인전 준비로 바쁘다. 밥 먹고 잠 자는
시간만 빼고 하루종일 그림을 그린다고 했다. 그의 고양이 '노루'는
자궁에 멍울이 생겨 수술을 받았는데 수술비가 50만원이나 들었다고 한다.
핸드폰을 내밀어 붕대를 맨 노루의 사진을 보여 주었다. 노루의 표정은
아파서 찡그리고 있었지만 행복해 보였다.

친구처럼 정답고, 스승처럼 매섭고, 어머니처럼 따뜻한 덕희 언니.
자신을 더 사랑하고, 인생을 더 사랑하라고
그녀는 삶으로 내게 보여주었다.
울며 찾아간 나를 묻에 눕히고, 《유마경》을 읽어주던 언니가 그립다.

11. 10. 05

강화로 가는 길. 벼가 가을 볕 아래 황금빛으로 익어간다
강화도에 가고 싶었는데 같이 갈 사람이 없어 혼자 간 적이
있다는 지영 선생님. 웃는 모습이 예쁘다

금호미술관 벽화 드로잉 첫날이다.
2층 12.5m의 긴 벽면에 경계를 넘어 비상하는 큰 새를
그릴 것이다. 잘 할 수 있을까? 매번 새로운 도전이다.
자신감과 두려움 사이로 나는 선을 긋기 시작한다.

어머니가 수를 놓으실 때   온 세상은 평화다.

거제도 가는 길
숨막힐듯 아름다운 하늘
가을 햇살과 투명하고 푸른 하늘 빛,  흰구름, 겹겹이 펼쳐진 산 능선
한양과 통영 사이,  두시간 동안  감탄하며  눈을 뗄 수 없었던 가을의 詩

11. 10. 15

새 작업실로 이사를 했다. 그림을 보관할 장소가 필요했다. 김목수님이
일을 해주셨다. 정성을 다하여 완벽하게 일하시는 모습을 보니
존경심이 생겼다. 무슨 일이든지 열심히 하는 사람은 감동을 준다.

정성껏 음식을 해서 정심을 차려 주신다. 어찌나 요리를

올가을 하고 성민이 어머니께서 점심을 차려 주신다. 어찌나 요리를
잘하시는지 밥 한 그릇을 다 비우면 몸이 건강해지는 느낌이다.
정성껏 음식을 해서 베푸는 것, 최고의 선(善)이 아니겠는가.

"죽음, 사랑, 예술, 신의 침묵, 인간관계의 어려움, 종교적 회의로부터의
고뇌, 실패한 결혼, 소통의 불가능 - 인간 심연으로부터 떠오르는
길로들"

잉마르 베리만 감독의 영화 <거울빛?>에서

부드러운 봉우리들
삶과 죽음이 저리도 부드럽게 이어져 있구나.
가을 빛이 환하게 무덤을 비춘다.

공주 무령왕릉에서.

18. 10. 30

시산화 (서촌 산책 화첩) 두번째 날 . 가을 하늘이 눈부시게 푸르다.
윤동주 시인의 언덕을 산책하였다. 북악산이 노랗게 단풍이 들고
잎새를 떨군 팥배나무는 붉은 열매로 마지막 온기를 전하고 있었다.
가을볕 비추는 종로문학도서관 뒷마루에 모여 앉아 각자의 목소리로
자신의 그림을 설명하는 시간 , 빛나는 가을빛 한 움큼 함께 나누었네.

제임스 터렐의 전시가 열리는 쉼박물관에서 네모난 하늘을 보다.
구름이 흘러가고, 갑자기 나뭇잎 하나가 바람을 타고 빙그르 떨어졌다
내가 무한 속에 한순간 존재하고 있음을 느꼈다.

이 큐마 개인전, 갤러리 세줄.
2층 한가운데 놓인 큰 검은 눈물 작품이 감동을 주었다.
서해안 태안반도에 자원봉사를 가서, 돌에 낀 검은 석유를 닦고 와서
이 작품을 만들었다 하니 훌륭하다 !

아침 산책은  내 영혼의  양식이다.
빛나는  태양  앞에서  흐르는  물을  바라보는  시간.
숨을  한 번  크게  들이마시면
온몸에  피가  돌고  하루를  살아갈  힘을  얻는다.

동생 테오의 지극한 사랑이 있어서
빈센트가 불멸의 화가가 될 수 있었구나!
단 한 사람의 사랑만 있어도 삶은 위대해질 수 있다.

빈센트 반고흐 《영혼의 편지》를 읽다

우울이 밀려와서 산으로 도망간다
바닥에 뒹구는 낙엽 같은 마음이
산 속을 헤매다 나무에 기대어 기운을 얻는가
그래, 바위처럼 굳게, 나무처럼 담담히 사는 거다.
노란 단풍이 유난히 곱다.

포항 2시 29분 규모 5.4 지진이 났다.
내일 수능시험이 일주일 연기되는 비상사태가 일어났다.
우리나라는 더이상 지진 안전지대가 아니다. 작년에 경주에도
5.8의 지진이 났었다. 핵발전소가 큰 일이다.

18. 11. 21

《괭이부리말 아이들》
저녁을 먹고 어머니와 고대로 한 장(章)씩 소리내어 읽었다.
그러다 같이 울고 말았다.

18. 11. 22

겨울이 시작되었다.
이제는 겨울이 와도 두렵지 않다.
고향의 겨울은 추위도 따스하다

밤새 첫눈이 내렸다.　　　폭설이다
처음 하는 드로잉 퍼포먼스. 간절한 마음으로
백두산 천지를 그렸다.
〈어둠은 차히 빛나고〉,《우리거곤》, 플레이스막레이저

18. 11. 26

소나무향 가득한 사우나탕
고된 몸 잠시
쉬어가자.

일본 오사카에 살고있는 독일 친구 Veronika 에게서 메일이 왔다.
2011 년은 쓰나미로 힘들었고, 남편 Peter도 수술을 해서 림프 관계 있다고.
내년 1월에 독일 브레멘으로 돌아간다고 한다. 일본에서 사귄 친구들과
헤어지기가 아쉽고, 독일에서 다시 잘 정착할지 걱정이라고 한다.
미래는 너에게 좋은 것을 준비해 놓았다. 우리가 미리 모를 뿐이야.
지금까지 한 것처럼 계속하면 된다. 걱정하지 말라고 용기를 주었다.

어떻게 살까?   어디로 갈까?
밤이 깊어가고
창 밖에는  흰 눈이  사뿐사뿐  내리네.

예술은 무엇인가?

지금, 여기에서 우리는 무슨 이야기를 어떻게 할 수 있을까?
그림을 앞에 두고 우리는 함께 고민했고, 많은 질문과 대답을
주고 받았다. 학생들과 함께했던 7년 동안 나도 그들과 함께 성장했다.
감사한 시간이었다. 서울대 마지막 강의를 마치고 교정을 천천히 걸어나갔다.

11. 12. 12

"우리는 사랑할 줄 모른다.
  세상에서 가장 오래 걸리는 것은 사랑하는 방법을 배우는 일이다."

                              - 알베르 카뮈, 《작가 수첩》중에서

11. 12. 13

떠나는 친구에게

내 가슴
양지 바른 곳에
그를 묻었다

그가 떠나간 빈 자리
밤이 길고
겨울 바람이 매섭다.


그와의 이별이 너무도          아쉬운 것은
그에게 받은 사랑만큼
나는 주지 못했기 때문이다

좀 더 잘 할걸
더 자주 만나고
더 많이 나눌걸...
고마워요
미안해요

몸을 던져
삶을 살고
아름다운 것들을 사랑하고
비바람 속에서도
꿈을 일구어 내던 그는 가고 나도 그에게
마지막 인사를 한다

흰눈이 소복하게 쌓인 길
첫 발자국을 내며 작업실에 간다.
물을 끓이고 차를 준비하는 시간이 참 좋다.

08. 12. 14

Gustavo Dudamel, Simón Bolivar Youth Orchestra 예술의 전당
공연이 시작되고 내 눈엔 뜨거운 눈물이 흘러 내렸다. 베네수엘라의 열악한
사회환경에서 빈민층에게 고루 혜택을 준 음악교육, 그 학생들의 음악에 대한
열정은 삶의 희망을 놓지 않게 했다. 온 몸으로 지휘하는 모습, 독창적이고 감동적인
연주, 빛나는 눈빛.    예술은 현실을 뛰어넘는다!

"한 20년 타지에서 살다 보니가 그곳도 타국이고 이곳도 역시 타국 같다는 생각이 든다. 그런 의미에서 나한테 고향이 있다면 그것은 글을 쓰기 위해 책상 앞에 앉아 있는 순간이다." 독일에 살고 있는 허수경 시인의 인터뷰를 읽고 공감하였다. 고향이 낯설때가 있다. 진정한 고향은 내가 자유로움을 느끼는 순간이다.

크리스마스 . 네가 함께 있었으면 . . .

두 아이의 엄마가 된 수덩이의 눈과 마음은 여전히 고다

소규모 나머지의  간소하고  질서 있는  생활을 배우자.
"미리 계획을 세울것  일관성을 유지할 것.  꼭 필요하지 않은 일을 멀리 할것
되도록 마음이 흐트러지지 않을 것.  그날 그날 자연과 사랑 사이의  가치있는
만남을 이루어 가고.  노동으로 성계를 세울것  가료를 모으고 체계를 세울것
연구에 온 힘을 쏟고  방향성을 지킬것  쓰고 강연하며  가르칠것  원초적이고
주축적인  힘에 대한 이해를 넓힐것  계속해서 배우고 익혀 김화 둔달되고.
원만하며  균형잡힌  인격체를  완성할 것"

《괭이부리말 아이들》이야기 속의 김명희 선생님은 그곳을 떠나지 않는다. 그 이야기를 쓴 김중미 작가도 그곳을 떠나지 않고 30년이 지난 지금도 그 자리에 그대로 살고 있다.
떠나지 않고 남는 것, 내가 젊었을 때는 미처 몰랐던 그것의 의미!

공주 마곡사
겨울 하늘은
눈이 시리도록 푸르다.

첩첩 산중
눈 쌓인 계곡
작은 집에
홀로 누우면

인생이란 무엇일까?
사무치게 그리운 것은 무엇일까?

미세먼지 속을 마스크를 끼고 걷는 사람들.
대중교통이 무료란다.
경제 발전이고 뭐고 이젠 다 싫다.
내게 돌려줘! 푸른 하늘과 맑은 공기를.

눈이  하얗게  하얗게  온  날
몇 년 만에  다시  찾은  온 성 관 대 소. 시간이  그대로  멈춘것  같은  그곳의
밝은  분위기는  무한한  신리를  준다.  사장님의  선량한  얼굴에  그의  삶이
배어 난다.

18. 01. 17

갈 세이건의 《코스모스》를 펼치니,
간 밤의 걱정거리가 째째해 보인다.
이 광대한 우주 속에  지금 여기서 우리가 만난 긴 기적이다.

서른 골목 한옥집에서
뜨거운 돌솥밥을 먹는다

오랜만에 만난 대만 오빠와
고향 이야기, 사는 이야기 나누니
마음도 배부르다.

동서양을 막론하고 고대인들은  깊은 사랑이나 슬픔, 연민은
내장에서부터  일어난다고 여겼다고 한다.
애 (창자) 가 끊는다, 애간장이 녹는다는 표현도 그렇다.
머리가 아니라 몸으로 , 가슴으로. 창자로 살아야 진짜다

니체는 누워 있는 나의 몸을 일으켜 세운다.
새벽의 떠오르는 해 앞에 서게 한다.

17. 01. 23

서울로 돌아오는 기차. 밤이 내리고 도시의 불빛은 빛난다
벗들과 나눈 대화는 공중으로 흩어져도 마음에는 추억이 스묵히 쌓인다
함께 나눈 웃음으로 현실의 우울을 뚫고 나갈 것이다.

차가운 공기에 정신은 더욱 맑다.
백사실 계곡이 꽁꽁 얼고, 흰 눈이 곱게 쌓였다.
살짝 눌러나온 햇살이 눈 위에 겨울나무를 드로잉할때
가까이서 들리는 딱따구리 소리   적막을 깨운다.

18.01.29

울릉도에 폭설이 내려서 뱃길이 끊겼다고 한다.
나도 섬에 갇혔으면, 하는 즐거운 상상을 해본다.
섬에 갇히면 무얼 할까? 책 읽고 글 쓰고 그림 그리고...
지금 하는 일과 똑같은 일을 하고 싶어 하네 나는 정말 행복한 사람.

박승을 선생님. 맹렬하게 사시더니 구안와사에 걸리셨다.
안면 근육 마비라고 한다. 이 기회에 쉬면서 죽기 전에
하고 싶은 일을. 살고 싶은 삶을 생각하겠다 하신다.
살아 있는 동안 무엇부터 할 것인가? 나도 멈춰 서서 생각해보자.

149

17. 02. 07

사랑은 환상이다.
사람은 환상이 필요하다.
환상이 없다면 꿈도 없다.

삶은 어렵고, 아름답다.
사랑이 그런 것 처럼.

보름달이 뜰 밤
달을 보며 울면서
혼자 걸었다.

"나는 강하다
주위의 분위기에 휘둘리지 않는다
특히 부정적인 분위기에 "

"남는 밥이나 김치가 있으면 저희 집 문 좀 두들겨 주세요."
그런 쪽지를 남기고 무명 시나리오 작가 최고은은 쓸쓸하게 죽었다.
가엾다. 미안하다

17. 02. 16

안나는 92세 이야기를 적은 사진과 동영상을 보여주었다.
그리고 90세 아이미나와 함께 간 여행을 비디오 작업으로 편집한 영상을
보여주었다. 그리고 내게 진했다. 나도 이미내게 간한 사진을 찍고
일상을 제2다. 자연스러운 일상의 이미나의 모습. 무엇보다 아름다울것 같다.

작가 이 순주 , 환경을 위해서 쓰레기 양산하는 양적 미술 활동은
자제하고, 환경에 유해한 유화(油畵)도 하지 않겠다고 선언한다.
가까운 것에서부터 실천하려는 예술가

18. 02. 18

인왕산 둘레길로 저녁 산책을 나섰다.
어둠이 내리고 멀리 남산타워와 도시의 불빛이 반짝인다.
그동안 너무 앞만 보고 달려 왔어. 이제는 고요하고 깊게 뿌리를 내리자.

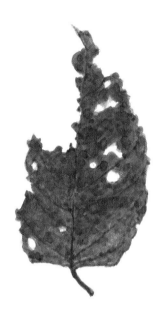

경기도 여주시 삼북면 주어리
편안하고 부드러운 산골이 가리 않은 곳
정덕영 작가님. 삼십년 째 나무를 심는다.
사과나무, 배나무, 자두나무, 개살구나무, 매실나무, 감나무, 소나무와
측백나무, 그리고 뒷산가득 밤나무 낙엽 밟는 소리 파도 소리 같네.

17 . 02 . 26

나는 어떻게 살 것인가?
삶에 대한 새로운 구상들.
상상력이 현실이 되는 신비, 나는 내가 원하는 삶을 살 테야!

시든 배추를 그렸다. 목탄으로 200호 크기의 큰 종이에 그렸다
예전의 배추는 내게 고향의 편안함, 일상의 소중함을 의미했다면
오늘 그린 배추는 시들고 메마르고 찢어지고 배추줄기가 앙상하게
드러나서 마치 동물의 뼈같이 보인다. 후쿠시마 사건 이후 처참한
공포도 떠올랐고 모든것을 휩쓸고간 허망함, 인생의 파괴를 그려 봤다

12.02.29

나는 오늘 내 삶에 중요한 의미가 될 그림 하나를 그려내었다.
오전 11시부터 오후 6시까지 고요한 가운데 완전한 몰입이 되었다.
그림을 완성하고 목탄을 내려놓았을 때 주위는 어두워지기 시작했고
커다란 그림 하나가 완성되어 있었다. 시작과 끝만 기억나고
그 사이 시간은 아무것도 기억나지 않는다. 그렇게 〈그날 밤 별이
유난히 빛났다〉는 그려졌다. 그림은 마음에 들었지만 슬펐다.

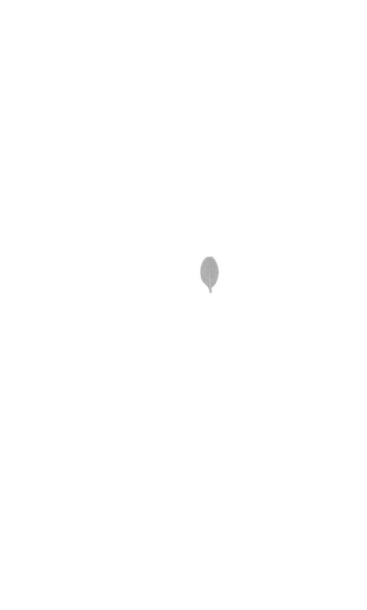

# 드로잉 노트

소박하고 단순하게,
거칠고 투박하게,
때로는 원시적이고, 즉흥적으로,
열정적이고 생생하게!

내가 누구이고, 어떻게 살고 있으며, 어떤 생각을 하는가
삶에서 계속되는 질문들,
그 답을 찾아가는 과정의 몸의 흔적, 사유의 흔적들

드로잉이 피어난다.

나는 〈나뭇잎 일기〉를 그릴 때 늘 똑같은 크기의 종이를 사용한다. 가로 21cm, 세로 29.7cm. 똑같은 크기의 종이 한 장은 마치 우리들 모두에게 주어진 똑같은 시간, 하루와 같다. 매일 반복되는 날들은 비슷해 보이지만 자세히 들여다보면 날마다 다르다. 날마다 새로운 잎이 돋아나고, 새로운 이야기가 생겨나고, 낯익은 것들이 새로운 의미로 다가온다.

종이와 그날의 나뭇잎이 준비되면 늘 사용하는 책상에 앉아 나뭇잎의 크기, 모양, 빛깔을 정확하게 그린다. 실제의 나뭇잎은 시간이 흐르면 시들지만 그림 속의 나뭇잎은 그 순간을 그대로 간직하고 있다. 사라지는 순간을 영원히 간직하는 것이다. 마치 오 헨리의 '마지막 잎새'처럼.

나뭇잎은 나무의 가장 연약한 살이다. 그러나 삶을 온몸으로 받아들인다. 햇살 아래 눈부시게 빛나는 잎들은 생명의 환희를 노래한다. 거센 비바람을 맞고, 눈을 맞고 자신이 마주한 시간을 온몸으로 새기며 살다가 겨울이 되면 떨어져 흙으로 돌아간다. 그리고 다시 봄이 오면 차가운 대지를 뚫고, 딱딱한 나무껍질을 뚫고 작고 연한 잎이 핀다. 그 생명의 순환을 보며, 우리도 하나의 나뭇잎이 아닐까 생각해본다.

감나무, 고욤나무, 갈참나무, 졸참나무, 신갈나무, 떡갈나무, 상수리나무, 소나무, 회화나무, 버드나무, 목련, 편백, 화살나무, 사철나무, 오동나무, 은사시나무, 돌배나무, 자작나무, 벚나무, 매화나무, 대나무, 느티나무… 이렇듯 다양한 나무들이 모여 숲을 이룬다. 바람이 불면 들려오는 숲의 노래는 홀로 부르는 노래가 아니라 함께 부르는 합창이다.

그래서 숲은 풍요롭다. 매일 같은 곳을 거닐어도 늘 새롭다. 또 같은 나무의 잎이라도 다 다르다. 모든 나뭇잎이 다 예쁘다. 새로 돋아나는 초봄의 여린 잎, 녹색으로 진하게 커가는 여름 잎, 자신만의 빛깔로 변해가는 가을 단풍잎, 퇴색된 채 바닥에 떨어져 뒹구는 겨울 나뭇잎 모두 소중하고, 특별하다. 벌레 먹고 구멍이 숭숭 뚫린 나뭇잎도 자신만의 이야기가 담겨 있는 것 같아 나의 시선을 끈다.

나뭇잎을 그리고 나면, 시를 쓰듯 짧은 몇 줄의 글로 하루의 단상을 쓴다. 특히 나뭇잎 하나와 한 사람을 생각한 날이 많았다. 그날 만나거나 기억나는 사람 혹은 책에서 만난 사람에 대하여 생각하는 시간을 가졌다. 그들과의 만남에서 나는 배우고, 성장하고, 성숙해간다.

　　나를 비롯한 사람들이 그림을 그리는 이유는 무엇일까? 드로잉은 무엇일까? 사진을 찍는 게 아니라 손으로 글을 쓰고 그림을 그리는 것은 어떤 의미일까? 그림은 '그립다'라는 어원에서 나왔다고 한다. 부재의 의식, 결핍의 안타까움이 그리움을 낳게 되고, 그 그리움이 시를 쓰고 그림을 그리게 한다.

　　시간은 흐르고, 우리도 흐른다. 사라지는 순간을 잡고 싶지만 시간도 나도 잡을 수 없음을 알기에 그림으로 기억하려는 것이다. 드로잉은 그 순간을 기록하기에 가장 적절하다.

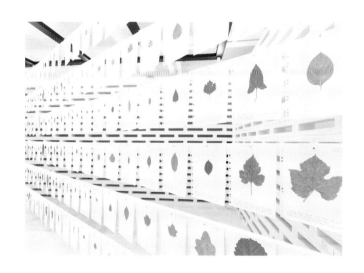

　　나뭇잎을 그릴 때는 일상의 모든 잡념이 사라진다. 나뭇잎을 들여다보고, 그림을 그리기 시작하면 흐트러진 마음은 어느새 고요해진다. 나는 그 시간이 참 좋다. 날마다 〈나뭇잎 일기〉를 쓰는 행위는 나에게 하나의 의식儀式과도 같다. 오늘 하루를 진실하고 아름답게 살고자 하는 기도이며, 삶에 대한 간절하고도 뜨거운 사랑의 노래가 아닐까. 그렇게 〈나뭇잎 일기〉가 쌓여 하루가, 한 계절이, 일 년이, 세월이 차곡차곡 쌓인다. 그렇게 우리의 시간과 만남과 삶을 뒤돌아본다.

# 나가는 글

나에게 삶과 예술은 따로 존재하지 않는다. 나는 예술을 삶에 겨냥해서 하고, 삶을 예술에 겨냥해서 살아가려고 애쓰고 있다. 삶은 도대체 어떤 의미가 있는지 스스로 질문하며 매일 그림을 그리고 글을 쓴다.

예술은 내게 주어진 상황 속에서 길을 찾으라고 가르쳐주었다. 독일 유학 초기에 작업실이 따로 없어서 기숙사 작은 방에서 작은 그림들을 그렸다. 젊은 시절의 고독과 꿈을 작은 종이에 수없이 담았다. 그 후 미술대학교에 입학했을 때 큰 작업실이 생겼다. 나는 내 키보다 큰 커다란 캔버스에 그림을 그렸다. 큰 그림이 주는 감동은 컸다. 하지만 작은 방에서 그렸던 작은 그림들이 주는 감동 역시 큰 그림보다 결코 적지 않음을 깨닫게 되었다. 어떤 상황에서든 그 안에서 할 수 있는 것들을 찾아서 최선을 다했을 때 발견할 수 있는 의미와 아름다움이 있다는 것을 알게 되었다. 그렇게 삶을 받아들이기 시작했다.

독일에서 대학에 입학할 무렵 집안 사정이 어려워졌고 경제적 지원을 받을 수 없게 되었다. 그러나 유학을 포기하고 한국으로 돌아갈 수는 없었다. 나는 나의 운명과 마주했다. 아르바이트를 하며 학업을 병행했다. 주중에는 오전에 회사를 다니고 주말에는 카페에서 일했다. 연극 포스터를 그리고 방학에는 공장에서도 일했다. 일을 마치고 학교로 달려가 혼신의 힘을 다하여 그림을 그렸다. 너무 힘이 들어서 울면서 그림을 그린 날도 있었다. 삶이 고통스러울수록 삶의 의미를

물었고, 고통의 끝까지 내려가 바닥을 힘차게 딛고 비상하기를 꿈꾸었다. 그 사이 그림은 진해지고 깊어졌다. 마음에 위로를 주었다. 그림을 그리고 시를 쓰며 그 시절을 보냈다. 그렇게 경제적으로 정신적으로 자립하며 용기를 얻었고 강해졌다.

지나고 보니 어둠도 빛을 알기 위한, 빛으로 가기 위한 여정이었다. 작디작은 여린 새싹 같았던 내가 어느새 비바람을 맞으면서도 꿋꿋하게 꽃을 피우는 야생초가 되었다. 6년간의 대학과정을 마쳤을 때 나는 졸업생에게 주는 최고의 상인 '브레멘예술대학상'을 받았다. 그 상은 나의 그림뿐만 아니라 예술에 절실한 심정이 있었던 나의 삶에 주는 상이었다. 독일 교수님들과 많은 친구들이 축하해주었다.

나는 삶과 예술이 진실하기를 원한다. 슬플 때는 슬픔을 그리고, 그리울 때는 그리움을 그린다. 다른 사람의 눈에 들기 위해 거짓으로 포장하거나 장식하기는 싫다. 행복한 그림을 그리려면 진짜로 행복해야 한다. 자유로운 그림을 그리려면 자유로운 존재가 되어야 한다. 나는 아름다운 그림을 그리려고 애쓰기보다는 먼저 그런 존재가 되고 그렇게 살려고 애쓴다. 나의 작품은 나의 생각과 마음을 그대로 닮을 것이다.

나는 예술가로 사는 게 행복하다. 언젠가 울릉도에 폭설이 와서 뱃길이 끊겼다는 소식을 들었다. 그곳에서 눈 속에 갇히는 즐거운 상상을 해보았다. 그리고 무엇을 하며 보낼까 생각해보았다. 책을 읽고 글을 쓰고 그림을 그리고 싶다는 생각이 들었다. 그건 바로 지금 내가 하고 있는 것이 아닌가! 나는 매일 산책을 하며 나뭇잎 하나와 함께 삶을 뒤돌아본다. 나에게 주어진 오늘을 온몸으로 살고 그림과 글로 기록한다. 이것은 삶과 예술에 대한 간절함이자 사랑의 기록이다.

# 。수록 식물명 。

숫자는 본문의 쪽수를 가리킵니다. 나뭇잎 하나로 식물 이름을 정확하게 알아내기란 쉽지 않은 일이지만, 여러 전문가 선생님과 식물도감의 도움을 받아 동정(同定)을 하였습니다. 온전한 식물을 조사해 동정을 한 것이 아니기에 완벽한 식별이 아닐 수 있음을 알려드립니다. 확인이 어려운 식물은 '동정 불가'라고 표기하였습니다. 혹 동정상의 오류를 알려주신다면 감사하겠습니다.

| | | | | | |
|---|---|---|---|---|---|
| 71 | 돌배나무 | 101 | 벚나무 | 131 | 플라타너스 |
| 72 | 단풍나무 | 102 | 신갈나무 | 132 | 느티나무 |
| 73 | 벚나무 | 103 | 귀룽나무 | 133 | 벚나무 |
| 74 | 며느리밑씻개 | 104 | 밤나무 | 134 | 백목련 |
| 75 | 해바라기 | 105 | 당단풍나무 | 135 | 신갈나무 |
| 76 | 호박 | 106 | 산뽕나무 | 136 | 밤나무 |
| 77 | 칡 | 107 | 붉나무 | 137 | 편백 |
| 78 | 강아지풀 | 108 | 화살나무 | 138 | 밤나무 |
| 79 | 담쟁이덩굴 | 109 | 은행나무 | 139 | 백목련 |
| 80 | 수수꽃다리 | 110 | 벚나무 | 140 | 느티나무 |
| 81 | 아이비 | 111 | 감나무 | 141 | 백목련 |
| 82 | 벚나무 | 112 | 당단풍나무 | 142 | 백목련 |
| 83 | 해바라기 | 113 | 벚나무 | 143 | 단풍나무 |
| 84 | 국화 | 114 | 은행나무 | 144 | 감나무 |
| 85 | 살구나무 | 115 | 벚나무 | 145 | 상수리나무 |
| 86 | 해바라기 | 116 | 감나무 | 146 | 주목 |
| 87 | 진달래 | 117 | 감나무 | 147 | 쪽동백나무 |
| 88 | 주목 | 118 | 단풍나무 | 148 | 상수리나무 |
| 89 | 벚나무 | 119 | 노박덩굴 | 149 | 감나무 |
| 90 | 오동나무 | 120 | 양버즘나무 | 150 | 송악 |
| 91 | 계요등 | 121 | 상수리나무 | 151 | 송악 |
| 92 | 담쟁이덩굴 | 122 | 은행나무 | 152 | 관음죽 |
| 93 | 칡 | 123 | 황칠나무 | 153 | 호랑가시나무 |
| 94 | 마 | 124 | 덜꿩나무 | 154 | (동정 불가) |
| 95 | 고마리 | 125 | 개나리 | 155 | 갈참나무 |
| 96 | 계요등 | 126 | 갈참나무 | 156 | 단풍나무 |
| 97 | 느티나무 | 127 | 졸참나무 | 157 | (동정 불가) |
| 98 | 벚나무 | 128 | 느티나무 | 158 | 좀사철나무 |
| 99 | 쑥 | 129 | 당단풍나무 | 159 | 느티나무 |
| 100 | 붉은서나물 | 130 | 상수리나무 | 160 | 배롱나무 |

# 허윤희

화가. 나무를 태워 만든 목탄이라는 재료로 드로잉을 한다. 목탄을 가지고 종이에 그리고, 벽화로도 그린다. 큰 벽 위에 온몸으로 목탄 드로잉을 하고 전시가 끝나면 지운다. 순간과 영원, 존재의 흔적, 자연과 삶에 대한 물음을 작품에 담아내고 있다. 산책길에서 만난 한 잎의 나뭇잎을 그림으로 옮기고 짧은 글을 곁들인 〈나뭇잎 일기〉를 2008년부터 십여 년간 지속했다. 나뭇잎을 바라보다가 사라져가는 빙하와 우리나라 멸종위기식물에게 시선이 닿았고 그에 관한 작업을 계속하고 있다.

이화여자대학교와 독일 브레멘예술대학교에서 순수미술을 전공하였다. 인사미술공간, 프로젝트 스페이스 사루비아다방, 소마미술관, 디스위켄드룸, 수애뇨339, 갤러리밈, A.P.23 등 국내 미술공간에 초대받아 개인전을 열었고, 독일 갤러리데스베스텐스, 쿨투어팔라스트베딩 베를린에서 개인전을 열었다. 국립현대미술관, 서울대미술관, 뮤지엄 SAN, 카셀도큐멘타12-매거진 등 국내외 기획전에 참여하였다. 서울대학교, 이화여자대학교, 서울예술고등학교에서 학생들을 가르쳤다. 지금은 제주에서 작업하며 생활하고 있다.

---

# 나뭇잎 일기: 열두 달의 빛깔

1판 1쇄 찍음 2023년 10월 20일
1판 1쇄 펴냄 2023년 11월  8일

글·그림 허윤희

**주간** 김현숙 | **편집** 김주희, 이나연
**디자인** 이현정, 전미혜
**영업·제작** 백국현 | **관리** 오유나

**펴낸곳** 궁리출판 | **펴낸이** 이갑수

**등록** 1999년 3월 29일 제300-2004-162호
**주소** 10881 경기도 파주시 회동길 325-12
**전화** 031-955-9818 | **팩스** 031-955-9848
**홈페이지** www.kungree.com
**전자우편** kungree@kungree.com
**페이스북** /kungreepress | **트위터** @kungreepress
**인스타그램** /kungree_press

ⓒ 허윤희, 2023.

ISBN 978-89-5820-859-4    03810